Joachim Friedrich

3 y un papagayo salvan al fantasma del castillo

Ilustraciones
de Barbara Korthues

edebé

Paseo de San Juan Bosco, 62
08017 Barcelona
www.edebe.com

Directora de la colección: Reina Duarte
Traducción: Soraya Hernán-Gómez
Ilustraciones: Barbara Korthues

2.ª edición

ISBN 978-84-236-8808-1
Depósito Legal: B. 13585-2009
Impreso en España
Printed in Spain
EGS - Rosario, 2 - Barcelona

Índice

CAPÍTULO 1

¡Que me aspe un salmón!

La armadura se volcó con un estruendo ensordecedor. Intenté volver a ponerla en pie, pero lo único que conseguí fue que se desmontara del todo y verme envuelta en una nube de polvo y óxido.

—¡Que me aspe un salmón! —dije tosiendo—. ¡Estúpido castillo! ¡Estúpido colegio!

Miré a mi alrededor. ¿Dónde estaba?

En otros tiempos, esto probablemente habría sido la sala de reuniones de los caballeros del castillo. Pero ahora, entre las armaduras había colchonetas y balones para las clases de Educación Física, y entre los polvorientos cuadros habían colocado barras espalderas.

¡Tendría que haber prestado más atención cuando mamá me explicó el camino! Pero como no lo hice, tuve que recorrer laberínticos pasillos. Luego casi me caí por una escalera de madera mohosa y ahora me encontraba en la sala de los caballeros.

Entonces volví a recordar: «Tu clase se encuentra justo antes de llegar a la sala de los caballeros, al lado de la Condesa Sofía», había dicho mamá.

Volví corriendo y descubrí un cuadro grande junto a una de las puertas. En él se veía pintada a una mujer con un vestido anticuado y un peinado más anticuado aún. Ésta tenía que ser la Condesa Sofía. Por tanto a su lado, ¡mi clase!

De repente escuché unos sigilosos pasos detrás de mí. Asustada me giré, pero sólo logré ver desaparecer una sombra tras la esquina. Los pasos se aceleraron. Una puerta se cerró chirriando y después volvió a quedar todo en silencio. Sentía los latidos de mi corazón.

—¡Que me aspe un salmón! —dije en voz baja—. Ahora ya empiezo a ver fantasmas.

Abrí de golpe la puerta de mi clase y entré corrien-

do. Justo detrás de la puerta se encontraba una mujer, que gritó al verme y dio un saltito para atrás. Como era un poco gorda, aquello resultó bastante gracioso. Y aunque no quería, no pude evitar reírme.

—¿Te parece gracioso? —me preguntó la mujer.

—Sí, quiero decir, no —tartamudeé—. ¿Es usted la señora Po... Po...?

—¿Cómo? —exclamó la mujer un poco más fuerte.

En la clase ya se empezaban a oír risitas.

—¡Soy la señora Polipotowski!

—Eso es justo lo que yo quería decir.

—¿Y tú quién eres?

—Yo soy Florentina —contesté—. Creo que ésta es mi nueva clase.

—Si ésta es tu clase, entonces yo soy tu tutora y tú llegas tarde —me contestó la señora Polipotowski—. ¡Esa manía deberás corregirla cuanto antes!

—Lo haré —contesté sin más.

Mi tutora se me quedó mirando con cara de pocos amigos.

—¿Y cómo te apellidas?

—Jilguero.

La señora Polipotowski únicamente abrió los ojos como platos y dijo:

—¡Oh!

La clase estalló en carcajadas. En mi antiguo colegio también solía ocurrir. No era de extrañar con mi nombrecito: ¡Florentina Jilguero!

—¡Silencio! —gritó mi profesora—. ¡Florentina es la hija de nuestra nueva directora!

La clase se quedó en silencio de golpe. Eso no solía ocurrir en mi antiguo colegio, porque era la primera vez que mamá era directora, ¡y precisamente a su colegio tenía que ir yo!

—Florentina, por favor, elige una mesa libre y siéntate —dijo la señora Polipotowski.

Miré a mi alrededor. Sólo quedaban dos sitios libres: uno al lado de un chico bajito y delgaducho, y el otro, justo detrás, al lado de un niño grande y gordo. El pobre me recordó al oso grande y gordo de mis dibujos animados favoritos. ¿Cómo se llamaba? Daba igual, de todas formas prefería sentarme al lado del chico bajito y delgado. Ahí tendría más sitio.

—¡Pegan los dos muy bien! —exclamó alguien—. ¡Jilguero y Avecanto!

Esta vez las risas fueron un poco más fuertes e incluso mi tutora hizo una mueca.

—¿Te llamas Avecanto? —le pregunté a mi compañero de mesa.

Éste sólo me miró a través de sus gafas, que abultaban casi más que su cara.

—Ya se lo has oído a los demás, ¿no? Pero sólo es mi apellido.

—¡No me digas! Nunca me lo habría imaginado.

—Aun así no pega —dijo el chico.

—¿El qué?

—Jilguero es un pájaro y Avecanto no.

—Sabiondo —dije en voz baja.

—¡Y ahora silencio! —exclamó la señora Polipotowski—. Todos tendremos que acostumbrarnos a nuestro nuevo colegio.

—Todos tendremos que acostumbrarnos a nuestro nuevo castillo-colegio —la corrigió el pequeño sabiondo a mi lado.

En realidad tenía razón. Nuestro colegio no era

en realidad un colegio, sino un antiguo castillo con foso, puente levadizo, armaduras, viejos cuadros en las paredes y todo lo que forma parte de un castillo. Como los demás colegios de la ciudad estaban abarrotados y los vecinos de la zona no tenían dinero para construir un edificio nuevo, habían habilitado el castillo como colegio, y habían nombrado a mamá su directora.

—Como veis, tenemos tres alumnos nuevos en nuestra clase —siguió comentando nuestra tutora—. Florentina Jilguero y Leonardo Avecanto se han mudado recientemente aquí. Y tú eres el que repite curso, ¿verdad? —le preguntó al chico gordo de detrás de mí.

—Saaa —dijo éste en voz baja.

—Ajá. Y tu nombre es..., ehhh..., ¿Juan Martín del Pequemonte?

—¡Naaa! —exclamó el chico gordo de detrás de mí—. ¡No me llamo Juan Martín! ¡Soy Juan Matías! Juan Matías del Pequemonte-Alto. Además, repito porque no me han pasado de curso. ¡Mi madre dice que eso no es tan malo!

—¡Repetidor! —exclamó alguien.

—¡Na! —grito el chico grande de detrás de mí, cuyo nombre ya se me había vuelto a olvidar, levantándose furioso.

—¡Jorge Manuel! —gritó la señora Polipotowski—. ¡Vuelve a sentarte inmediatamente! Además, ¡se dice sí o no, y no, *sa* y *na!* ¡Por favor, no lo olvides!

—Sa —dijo el chico gordo dejándose caer con gran crujido en su silla—. Juan Matías, así es como me llamo —murmuró.

Mi compañero de mesa pidió la palabra.

—¿Sí, Leonardo? ¿Qué ocurre? —preguntó la señora Polipotowski.

—Cuando a uno no le pasan de curso no es lo mismo que cuando suspende. En eso tiene razón el chico gordo.

—¿Quién está gordo? —exclamó el chico gordo levantándose de un brinco.

—¡Siéntate, caramba! —gritó nuestra tutora—. ¡Y tú, Leonardo, vas a reservarte tus comentarios de sabelotodo para ti!

¡Genial! Había acertado de pleno. Un sabiondo a mi lado y un salvaje oso de peluche detrás. No me extrañaba que los sitios al lado de estos dos estuvieran libres.

Capítulo 2

¡Que me sablee un pez espada!

Cuando por fin superé mi primer día de colegio, estaba casi de tan malhumor como el día en que mamá y papá me confesaron que ya no tenían ganas de seguir casados.

Tenía un camino a casa bastante corto, por desgracia. Detrás del castillo había un par de edificios en los que antiguamente vivían los sirvientes. Ahora vivíamos allí mamá y yo. ¡Muy apropiado!

Lentamente crucé el ancho portal de la entrada, adornado con cabezas de león talladas, hacia el patio del castillo, que ahora era nuestro patio de recreo.

Recorrí las columnas de piedra hacia el arco por el que se llegaba al puente levadizo. Las viejas tablas de madera crujían con cada paso y yo me preguntaba si algún día ese puente se vendría abajo y yo acabaría en el foso, junto a las gordas carpas.

De repente, una niña de mi clase se plantó ante mí. Ella aún no había dicho ni una palabra, pero supe al instante que jamás seríamos amigas.

—¿Qué hay, pulga?

Tras ella, a su izquierda y a su derecha, se posicionaron otras dos niñas. Parecían sus guardaespaldas o sus súbditas.

—Soy Estela —dijo la jefa lanzando sus rubios rizos con un airoso gesto por encima de sus hombros.

—¿Y...? —pregunté sin más.

Estela se colocó con la punta de los dedos las mangas de su vestido rosa.

—Estela es italiano y significa *estrella*. Quédate con mi nombre. Si crees que eres especial, sólo porque tu mamá es la directora, tendrás problemas... ¡conmigo! ¿A que sí, chicas?

—Tres contra una. Eso no vale —escuché de repente una voz detrás de mí.

¡Era Leonardo!

—¿Cómo te atreves a meterte en mis asuntos, enano? —le bufó Estela.

—Sí, soy más bajito que tú, pero seguro que también soy más listo que tú —le contestó Leonardo.

Estela se quedó boquiabierta. Las otras dos chicas únicamente se rieron detrás de ella de forma estúpida. Antes de que yo pudiera decirle algo, Estela echó su cabeza y sus rizos rubios hacia atrás, se dio media vuelta y se fue pitando. Sus esclavas la siguieron.

Miré hacia Leonardo, pero éste ya había desaparecido. ¡Había intentado ayudarme, a mí! Jamás lo hubiera pensado. Él no había conseguido precisamente meterle el miedo en el cuerpo a Estela, pero aun así había sido un gesto muy bonito por su parte.

Mamá ya estaba sentada a la mesa para comer. A juzgar por la cara estresada que tenía, no estaba de mejor humor que yo.

—Si lo llego a saber... —suspiró, antes de que yo pudiera decir nada—. ¡Este edificio está en unas condiciones horribles!

—¿A qué te refieres? —pregunté.

—¡No funciona nada! —exclamó—. Después de clase, cuando fui a lavarme las manos, no salió del grifo más que un mejunje marrón. ¡Y la puerta del aula de los de primero se atasca! Nos costó casi media hora abrirla para que la señora Paraíso pudiera comenzar con sus clases. Y...

—¿No puede arreglarlo el conserje? —pregunté interrumpiéndola.

—Si lo tuviéramos, sí —contestó mamá—, pero ni siquiera para eso tiene dinero el alcalde. Al menos eso dice.

—Entonces volvamos a nuestra antigua ciudad.

—¡De eso ni hablar! ¡No me voy a dar por vencida tan fácilmente! Mañana por la tarde he convocado a los demás profesores a una reunión. Vamos a deliberar cómo hacer de esta ruina un colegio medianamente normal.

—Eso no lo vais a conseguir nunca, con lo tontos que son aquí todos... —contesté yo.

Mamá me miró con su severa mirada de profesora.

—Por cierto, ¿no tienes deberes que hacer?

Por la tarde no podía dejar de pensar en Leonardo. Vale que era un pequeño sabiondo, pero me había apoyado con esa estúpida de Estela. Tal vez no haya elegido tan mal sitio para asentarme, a fin de cuentas.

Me acosté pronto, pero no podía dormir. Por la ventana veía el castillo que ahora iba a ser mi colegio.

La luna alumbraba con tanta fuerza que podía distinguir todo con claridad: la puerta de los leones, el patio del castillo con las columnas, las numerosas torrecillas sobre el tejado... Y entonces descubrí algo.

Sobresaltada, me incorporé en mi cama. ¡Una luz! Había visto claramente una luz en una de las torres. ¿Y no era eso una sombra cruzando por delante de la ventana?

De repente volví a recordar la siniestra figura que había visto por la mañana. Mi corazón me palpitaba hasta el cuello. ¡Ahí! ¡Ahí estaba otra vez la luz! ¡Y también la sombra!

Me tumbé y me estiré la manta por encima de la cabeza.

No sirvió de nada. Al contrario. Ahora escuchaba mi corazón latir con más fuerza.

¿Debería ir al patio del castillo y echar un vistazo?

Sigilosamente me levanté y bajé por la escalera. Con cada paso que daba, crujía la vieja escalera de madera.

En la planta baja todo estaba a oscuras y en silencio. Al parecer mamá ya se había acostado. A pesar de que me temblaban las piernas, continué avanzando.

Al abrir nuestra puerta de entrada, un frío viento me sopló en la cara. ¿Debería ir a por mi bata? No, ya que había llegado hasta aquí, también conseguiría el resto.

El puente levadizo gemía bajo mis pies. Contuve la respiración y continué andando hasta que por fin llegué al patio del castillo.

La luna pendía sobre mí como la gigantesca calavera luminosa de un fantasma. Incluso reconocí en ella una cara, que me miraba desconfiada.

—¡Que me sablee un pez espada! —murmuré.

—¡Uuuh! ¡Uuuh! —se escuchó de repente.

—¡Aaaaah! —grité yo.

Quise salir corriendo, pero tropecé y me caí cuan larga que era al suelo. En ese instante, algo negro me sobrevoló casi rozando mi cabeza.

—Un búho. Seguro que sólo era un búho —susurré, e intenté no acordarme de la película de vampiros que había visto a escondidas hacía poco.

Tan rápido como pude, me levanté y eché a correr. Crucé el puente levadizo de vuelta a nuestra casa, escaleras arriba y a mi habitación. Salté sobre mi cama y me cubrí con la manta por encima de la cabeza.

Entonces escuché un ruido. ¡Mi puerta! ¡Alguien estaba en mi puerta!

Sigilosamente miré por el bordillo de la manta. ¡La puerta se abrió! Y entonces vi la túnica blanca del fantasma.

CAPÍTULO 3

¡Que me corrija una platija!

—¡Aaah! —grité de nuevo—. ¡Fantasma, no me hagas nada!

El fantasma encendió la luz.

—¿A quién llamas tú fantasma?

—¡Mamá! ¿Qué haces aquí? ¿Y por qué llevas ese ridículo camisón blanco?

Mamá me miró con ojos adormilados.

—¿Qué quieres, que duerma en vaqueros y jersey?

—¿Por qué has venido? —le pregunté.

—Me desperté y pensé que había oído algo.

—¿Oído? —dije esperando que mi voz no sonara temblorosa—. Te has tenido que equivocar.

Mamá se vistió con su mirada de profesora. Eso lo sabe hacer incluso medio dormida, en mitad de la noche y con camisón de fantasma.

—Flo, deberías estar durmiendo y no deambulando por la casa.

Si supieras cuánta razón tienes, pensé, pero eso mejor no se lo decía.

A la mañana siguiente, cuando entré en clase, Leonardo ya estaba sentado en su sitio. Me había propuesto darle las gracias, pero no me dio tiempo. De repente se plantó un chico delante de mí. Éste no era tan grande como mi vecino de atrás, pero para Leonardo y para mí era suficiente.

—¡Oíd, enanos! Estela me ha contado que os habéis estado metiendo con ella.

—¡Pregúntale mejor quién se ha metido con quién! —le respondí.

—Más os vale dejarla en paz. De lo contrario...

En ese instante apareció un brazo enorme entre Leonardo y yo y una mano enorme agarró al chico por el jersey.

—Déjales tú en paz a ellos —dijo mi vecino de atrás.

El chico se rió igual de estúpidamente que las esclavas de Estela.

—¡No hay problema! Si yo sólo quería...

—¡Déjalo y siéntate, Kats!

El chico se dio media vuelta y corrió de nuevo a su sitio.

—¿Kats? —le pregunté a mi salvador.

—Sa. Se llama Kaczerowski, pero todos le llaman simplemente Kats. Tiene una banda y quería que me uniera a ellos, pero yo paso.

—Gracias —dijimos Leonardo y yo casi a la vez.

—Sa. No hay problema.

Nuestro salvador se parecía realmente al gran oso de los dibujos animados de cuyo nombre seguía sin acordarme.

Como si hubiera estado esperando el momento de su actuación, Estela entró saltando en la clase.

—¡Ya viene! ¡Ya viene! —chilló lanzando sus rubios rizos de un hombro a otro.

A cámara lenta me habría parecido uno de esos

estúpidos anuncios publicitarios de champú de la tele.

—¿Quién viene? —pregunté más para mí misma.

—Seguro que se refiere al señor Mata —dijo el chico grande de detrás—. A todas las chicas les parece totalmente guay.

—¿Qué? ¿Qué tal habéis pasado las vacaciones? —preguntó—. A pesar de que ha llovido mucho, yo he disfrutado de lo lindo perdiéndoos de vista durante ocho semanas.

Lo dijo riendo, ¡y cómo se reía! Me contuve para no soltar un suspiro de admiración. Era tan... simpático. No, ésa no era la palabra adecuada. Era... ¡supersimpático!

—¿Estás resfriada? —me dijo mi compañero.

—¿Eeeh? —me quedé mirándole.

—Como estás con la boca abierta... Cuando se está resfriado se suele respirar por la boca. Pero eso no es bueno, porque entonces...

Dejé caer la cabeza sobre la mesa.

—¡Joo, Leonardo! ¡Que me corrija una platija! Eres capaz de ponerle a uno...

—Seguro que tú eres Florentina Jilguero —escuché decir una voz.

—Yo..., yo... me..., me... —tartamudeé.

—Está resfriada —le escuché decir a Leonardo a mi lado—, y en esos casos a veces se habla un poco raro.

—Entonces, tú debes de ser Leonardo Avecanto —dijo el señor Mata sonriendo—. Ya he oído que te gusta decir cosas... inteligentes.

—Traducido, eso significa que eres un sabiondo —le susurré a Leonardo.

El señor Mata sacó un papel.

—De modo que tenemos tres nuevos alumnos en clase. Ya me lo había dicho Popo, quiero decir la señora Polipotowski —dijo, y se tapó la boca con la mano.

En la clase se escucharon risas reprimidas.

—¿Popo? —repetí.

—Sa —escuché decir al chico grande detrás de mí—. ¡Popo! Así la llamamos todos, pero sólo cuando ella no está.

¡Popo! ¡Eso le pega! Porque tiene un trasero como un hipopótamo.

—Florentina Jilguero, Leonardo Avecanto y..., eh..., Juan Matías del Pequemonte-Alto. Un nombre difícil.

—Sa.

—Bueno, pero eso me pasa con todos los nombres. No consigo recordarlos. Por eso me invento siempre nombres nuevos para mis alumnos.

—¡A mí siempre me llama Estrellita! —chilló Estela lanzándole a su compañera de mesa sus rizos rubios a la cara.

¡Estrellita! A ésa lo que le pegaría sería Monstruito.

El señor Mata se me quedó mirando.

—¿Sabías que *Floh* en alemán significa pulga? ¿Te enfadarías si te llamara Flo?

Quería decirle que de todas formas ya me llaman todos así, incluso mamá, pero no pude. Únicamente fui capaz de mover la cabeza, primero negativamente y luego asintiendo. ¡Y me subieron unos calores...! Seguro que me había puesto roja como un tomate. ¡Qué vergüenza!

—Y ahora tú, Leonardo —dijo el señor Mata dirigiéndose a mi compañero de mesa—. Leonardo es el equivalente de *Löwenherz,* que significa corazón de león.

—Ya lo sé —dijo Leonardo.

—¡Me lo imaginaba! —se rió el señor Mata—. Creo que con el león será suficiente. De modo que te llamaré Leo. Eso es fácil. Bueno, pero aún no sé qué hacer con Juan Manuel. ¿O era Juan Pablo?

—¡Na! —dijo con un profundo suspiro el chico grande y gordo de atrás—. ¡Juan Matías!

—Lo siento. Tu nombre es realmente difícil. ¿Cómo te llamaré?

De repente me acordé.

—¡Sansón! —exclamé sin pensarlo.

—¡Como el oso de los dibujos! —dijo Monstruito riéndose como una estúpida.

El señor Mata levantó las manos.

—¡No, no! ¡Sansón es un personaje de la Biblia! Se dice que era increíblemente fuerte. Creo que eso te va como anillo al dedo y yo podré recordarlo. ¿Puedo llamarte Sansón a partir de ahora?

—Sa —dijo el chico grande y gordo.

Me giré hacia él. Su cara estaba por lo menos tan roja como la mía.

—¡Qué bien! —se alegró el señor Mata—. ¡Flo, Leo y Sansón! Os doy mi más cordial bienvenida a los tres!

Mi compañero de atrás se inclinó hacia delante.

—Sansón es genial. ¡Gracias!

Por desgracia, el señor Mata al final dio clase de Mates. ¡Cálculo mental! ¡Precisamente!

—Bueno, vamos a ver si no sólo eres fuerte sino también listo —le dijo a Sansón—. ¿Cuánto da doce por doce?

—Eh..., creo..., más o menos..., no sé —tartamudeó Sansón.

Alguien se rió.

—¡Silencio! —exclamó el señor Mata severo—. El que se ría será el siguiente. ¡Y os aseguro que no tendrá nada de qué reírse!

De inmediato no se escuchó ni una mosca.

—Bueno, vamos a ver —le dijo a Sansón—. ¿Doce por once?

—Sa..., bueno..., eso da..., más o menos..., eh...

Mientras el pobre Sansón era torturado, me di cuenta de que Leo hacía signos con sus dedos debajo de la mesa.

—¿Qué haces? —le pregunté en voz baja.

—Lenguaje secreto. Lo he inventado yo mismo. Os lo explicaré luego en el recreo.

—¡Maldición! —exclamó Sansón cuando ya estábamos en el patio—. ¡Nunca entiendo nada! ¡Y de las Mates aún entiendo menos!

—Quería ayudarte, pero no pude, porque tampoco lo entendías —dijo Leo.

—¿Cómo? No lo pillo.

—¿Por eso hacías esas extrañas señales por debajo de la mesa? —le pregunté a Leo.

—No son señales extrañas. Son cifras. Un dedo es uno, dos dedos es dos...

—Tres dedos son tres —dijo Sansón—. Eso lo he pillado.

—¡Bien! Así que cuando el profe te pida que resuelvas un problema de cabeza, sólo tendrás que fijarte en mis dedos. Doce por doce son —Leo no siguió hablando sino que mostró primero un dedo y luego dos veces cuatro—. Ahora sólo tienes que juntarlos. ¿Cuánto da?

—Nueve —dijo Sansón enseguida—. ¡Genial! ¡Doce por doce son nueve! ¡Eh! ¿De verdad que da eso?

—¡Sumarlos no! —suspiró Leo—. ¡Sólo tienes que leerlos uno detrás del otro!

Entonces lo entendí.

—Un uno y dos cuatros, ¡ciento cuarenta y cuatro!

—¡Exacto! —Leo me miró radiante.

—¡Guay! —exclamó Sansón—. ¿Puedes enseñármelo otra vez?

Leo tuvo que enseñárselo a Sansón un par de veces más, pero por fin lo entendió.

—Me has ayudado mogollón. Ahora por fin tengo un nombre que los profesores pueden recordar —me dijo Sansón mientras volvíamos después del recreo a clase—. Y tú también me has ayudado —dijo dirigiéndose a Leo—. ¡Con las Mates!

—Y tú, Leo, también me has ayudado a mí —añadí yo—. Cuando Estela se puso tonta conmigo. Todavía no te había dado las gracias.

—No hay de qué —dijo Leo, y se puso rojo como un tomate.

¡Qué mono!

—Y Sansón también nos ha ayudado —dije—. Con ese tonto de Kats.

—¿Sabéis quiénes se ayudan siempre? —nos preguntó Leo—. ¡Los amigos se ayudan siempre y toda la vida!

—¡Amigos! ¡Toda la vida! —exclamó Sansón—. ¡Guay!

Yo no habría sabido decirlo mejor. Y de repente supe que, a partir de entonces, me iba a gustar estar en mi nuevo colegio.

CAPÍTULO 4

¡Que me relinche un caballito de mar!

Por la tarde, Leo y Sansón vinieron a mi casa y juntos hicimos los deberes. Mamá había vuelto a ir al colegio a una de sus reuniones con los profesores.

Antes de que nos diéramos cuenta, habíamos terminado con nuestras tareas.

—¡Que me relinche un caballito de mar! —exclamé—. ¡Leo, eres realmente bueno explicando!

—Eso mismo dice siempre mi madre —respondió Leo—. Me refiero a lo de las explicaciones, no a lo del caballito de mar, ¡porque ésos no relinchan!

—¡Ya estás otra vez! —suspiré—. ¡Si sólo es una expresión de piratas!

—¡No lo pillo! —dijo Sansón.

—Cuando era pequeña, el pediatra dijo que tenía que llevar un parche en un ojo.

—¡Los pediatras no son guays! —exclamó Sansón.

—Lo mismo digo. Al principio me puse muy triste por lo del parche en el ojo, pero luego mi madre me compró un libro ilustrado. Trataba de una mujer que era la capitana de un barco pirata, ¡y ella también llevaba un parche en un ojo! Desde entonces me encantan los piratas.

—¡Sa! —exclamó Sansón—. A mí también me gustan los piratas, ¡son guays!

—Pero si a mí también me gustan —suspiró Leo—. Es sólo que no estoy seguro de que los piratas digan realmente esas cosas.

—¡Jo, Leo! —suspiré.

Sansón se había puesto cerca de mi ventana.

—Tú sí que vives cerca del colegio, ¡qué guay! —dijo.

—Los colegios vacíos me parecen un poco siniestros —opinó Leo.

—Por las noches parece mucho más siniestro

—susurré pensando en la luz y la sombra que había visto.

—¿Por las noches? —preguntó Sansón—. ¿Es que por las noches también vas al colegio?

—Anoche vi una luz. ¡Y una sombra! ¡Era supersiniestro!

Sansón se me quedó mirando con los ojos muy abiertos.

—¿Era el fantasma del castillo?

—Puede.

—¡Guaaay! —exclamó Sansón—. Aunque da un poco de miedo.

—¿Queréis que vayamos a mirar? —preguntó Leo—. A lo mejor lo encontramos.

—¡Una idea genial! —exclamó Sansón.

—Vale, por mí… —contesté, aunque si pensaba en la última noche, no me sentía muy bien.

Claro que esta vez aún era de día y éramos tres. ¿Qué podía pasar?

Los dos me siguieron a través de la puerta de los leones. Avanzaban por el castillo a mi lado con los ojos abiertos de asombro, como si fuera la primera vez que estaban allí.

—Qué silencioso está todo —susurró Leo—. Es tan diferente a por las mañanas.

—Por cierto, ¿los fantasmas hacen ruidos? —preguntó Sansón.

—Los fantasmas no existen —contestó Leo.

—¿Y tú cómo lo sabes? —le pregunté.

—Lo pone en un libro. ¡Los fantasmas son inventados!

—¡Na! —exclamó Sansón—. Mi madre siempre dice que no siempre hay que creerse lo que pone en los libros.

—¡Exacto! —exclamé yo, pero entonces tropecé y aterricé de bruces contra el suelo, igual que la noche anterior.

—¿Te has hecho daño? —preguntaron Sansón y Leo ayudándome a levantarme.

—No, no pasa nada. Sólo he... ¿Qué es esto?

Señalé una puerta. Estaba escondida en un rincón y era mucho más pequeña que las demás puertas por las que habíamos pasado.

—A lo mejor detrás encontramos un pasadizo secreto. ¡En los castillos suele haberlos! —dijo Leo.

Con cuidado bajé la manecilla de la puerta.

—Está abierta —susurré.

—¿Entramos? —susurró Leo.

—¿Y si dentro hay un fantasma? —susurró Sansón.

—Sólo un vistazo —susurré.

La puerta chirrió escandalosamente.

Sansón, Leo y yo asomamos nuestras cabezas al interior.

—Está todo oscuro —dijo Leo.

—Y huele un poco raro —añadió Sansón—. ¿Y si nos vamos?

Leo movió la cabeza negativamente.

—Venga, que somos tres.

Con cuidado entramos en la oscura habitación. De repente algo corrió por el suelo. Sin querer cogí la mano de Sansón.

—¿Qué ha sido eso? —pregunté, aunque en realidad no quería saberlo.

—¿Será el fantasma del castillo? —preguntó Sansón en vez de contestar.

—Ni fantasma, ni nada —contestó Leo—. Será algún animal.

Justo me disponía a volver, cuando tronó una voz:

—¡Una pesadilla!

—¡El fantasma! —exclamó Sansón.

—¡Debería haber visto usted ese asqueroso mejunje! —tronó nuevamente la voz.

—¡Ésa es mi madre! —exclamé.

—¿Tu madre es un fantasma? —preguntó Sansón.

—¡Qué tontería! ¡Pero ésa era la voz de mi madre!

—Pero si tu madre no está aquí —respondió Leo—. Esta habitación está completamente vacía.

—Si la madre de Flo no es un fantasma, tendremos que ver de dónde viene esa voz —dijo Sansón.

Nos atrevimos a adentrarnos más en la oscura habitación.

—¡Pero si nos aseguraron que el castillo iba a ser adecuado antes de que llegásemos con los niños! —se escuchó decir a otra voz.

—Popo —susurró Sansón—. Pero ella tampoco está aquí.

—La voz viene de ahí atrás. Lo he oído perfectamente —dijo Leo señalando una chimenea situada al otro extremo de la oscura habitación.

Con cautela nos acercamos a ella. Intenté no pensar en lo que había visto correr antes por el suelo. Efectivamente, al llegar a la chimenea pudimos oír las voces con toda claridad.

—Hombre, un poco sí que lo han adecuado —dijo mamá—, pero no es suficiente. En cada rincón hay algo que no funciona.

—¡Si por lo menos tuviéramos un conserje que nos pudiera ayudar con los arreglos! —dijo una voz que yo no conocía.

Ésa tenía que ser la señora Paraíso, la única profesora de nuestro colegio a la que aún no había conocido.

—Las voces deben de venir de la sala de profesores —susurré—. Mamá tenía hoy una reunión con los profesores.

—Entonces, la sala de profesores tiene que estar al otro lado de la chimenea —susurró Leo.

—Seguro que el alcalde no quiere gastar dinero —dijo el señor Mata—, porque para eso podría haber construido ya un colegio nuevo.

—¡En eso le doy toda la razón, querido señor Mata! —escuché la voz de Popo—. ¡Tome usted otra de mis galletas! —su voz sonó más aguda que por la mañana durante su clase.

—¡No, pruebe usted de las mías! —exclamó la señora Paraíso—. ¡Están hechas por mí!

—¿Le apetece a usted otro café, querido señor Mata? —preguntó mamá.

—¡Guay! —susurró Sansón—. A las profesoras también les cae bien el señor Mata.

—¿Sabéis qué? —preguntó Leo mirándonos a través de sus grandes gafas—. ¡Esto es un escondite secreto espía-profesores!

—¡Guay! —exclamó Sansón en voz baja—. ¿Y eso qué es?

—Que aquí podremos espiar a los profesores mientras hablan entre ellos en la sala de profesores —contesté.

—Eso está bien, porque a veces los profesores se cuentas cosas que no quieren que escuchemos —añadió Leo.

—Secretos —susurró Sansón.

—Aunque sería mejor aún si los pudiéramos ver —dije.

Leo asintió con la cabeza.

—Tenemos que taladrar un pequeño agujero en la pared.

—¡No hay problema! —exclamó Sansón rebuscando en los bolsillos de sus pantalones.

Y entonces nos mostró algo en el aire.

—¿Qué es eso? —le pregunté.

—¡Una supernavaja-herramienta! ¡Me la regaló mi madre! Siempre resulta útil.

Observé la navaja de Sansón con detenimiento. ¡Era increíblemente grande!

La sostenía muy cerca de sus ojos y la hacía girar de un lado a otro.

—Sé que tenía un berbiquí —murmuró—. ¡Aquí está! —exclamó finalmente desplegando una herramienta que tenía pinta de taladro.

Se arrodilló ante la pared, apretó el taladro contra ella y giró la broca.

—¿Y...? —preguntó Leo—. ¿Funciona?

—¡Sa! —contestó Sansón moviendo la broca en círculo.

De repente se detuvo.

—¡He pasado! —susurró—. ¡Guay!

Me agaché y vi un agujero minúsculo. Al mirar a través de él, pude ver una mesa grande a la que estaban sentados mamá y Popo, el señor Mata y otra mujer, que debía de ser la señora Paraíso. Al fondo había estanterías con cuadernos y libros. ¡Ésa era la sala de profesores!

¡De repente, Popo se giró y me miró directamente a la cara!

CAPÍTULO 5

¡Que me zarandee un pulpo!

—He oído un ruido, como si fueran arañazos —dijo Popo—. Creo que venía de ahí —y me señaló a mí.

—¡Nos ha oído! —me levanté de un brinco y quise salir corriendo, pero Leo me cogió la mano y me sujetó con fuerza.

—Tenemos que estar muy callados —susurró.

Contuvimos la respiración.

—Pasos —susurró Sansón—. Seguro que es Popo.

Los pasos se iban acercando cada vez más. Mi corazón palpitaba casi tan fuerte como la noche anterior en el patio del castillo.

—El ruido provenía de ahí —dijo Popo.

—Ya nos tiene —murmuró Sansón.

—No ha sido nada —dijo el señor Mata—. Se ha debido de confundir.

—¿Usted cree, querido señor Mata? —preguntó Popo.

—Estoy seguro.

—Sí, probablemente tenga usted razón.

—Vuelve a su sitio, ¡uf! —suspiró Leo.

Yo empecé a respirar por fin.

Tan silenciosos como nos fue posible y a hurtadillas, salimos de aquella habitación.

—¡Ufff! —resoplé—. ¡Ha estado cerca! —volví a soltar las manos de Leo y de Sansón—. Por un pelo no nos pilla.

—Pero no lo ha hecho —dijo Leo—, y por eso, ¡ahora será nuestro secreto!

—¡Sa! ¡Y eso nunca se chiva!

—¡Nunca en la vida! —exclamó Leo.

—¿Qué pasa aquí? —tronó de repente una voz.

—¡El fantasma! —gritaron Leo y Sansón a la vez abrazándose el uno al otro.

—Ésta es la segunda vez que alguien me toma por un fantasma —mamá miró a Leo y a Sansón con su supermirada de profesora—. Creo que necesito vacaciones.

—Lo siento, mamá, no te hemos oído llegar —dije enseguida—. ¿Aún sigues en tu reunión de profesores?

—Ya lo creo. ¿Y vosotros qué hacéis aquí?

—Nada, es que el fantasma...

Le di un empujón a Sansón.

—Eh, quiero decir, que sólo es por el secre...

Le di una patada a Sansón.

—Sólo estábamos jugando —dijo Leo.

—Ah, bueno —dijo mamá—, pero el colegio no es un parque infantil. Podéis jugar fuera, aunque ahora tus amigos deberían irse a casa, y tú también. Ya casi se ha hecho de noche.

—Eso siempre funciona —dijo Leo después de que mamá desapareciera de nuevo en la sala de profesores—. Si les dices a los adultos que estás jugando, te dejan hacer de todo.

—No es mala idea —respondí.

—¿De verdad tenemos que irnos ya? ¿Ahora

que por fin se ha hecho de noche? —preguntó Sansón—. Porque ahora podría probar mi linterna.

Rebuscó en su chaqueta y sacó una enorme linterna.

—¿También es de tu madre? —preguntó Leo.

—¡Sa! ¡Y lleva pilas nuevas!

—¡Que me zarandee un pulpo! ¡La cantidad de chismes que llevas encima! —dije.

—¡Bolsillos grandes! —respondió Sansón contento.

Justo iba a decir que podríamos tener problemas con mi madre si nos quedábamos demasiado tiempo en el colegio, cuando escuchamos un chirrido.

—¿Qué ha sido eso? —preguntó Leo.

—¡El fantasma! —respondió Sansón—. ¡El fantasma del castillo!

—Si los fantasmas no exis...

—Y entonces, ¿qué es lo que hemos oído? —pregunté.

Leo se encogió de hombros.

—¿Profesores?

Yo negué con la cabeza.

—Podemos comprobarlo y así lo sabremos.

—¿A oscuras? —preguntó Sansón.

—¿Tú no tienes una linterna? —dijo Leo.

—Sa. Cierto. Se me había olvidado —contestó Sansón, a pesar de que aún llevaba la linterna en la mano.

Se la quité de la mano.

—¡Yo iré primero!

Pero entonces me detuve.

—¿Qué ocurre? —preguntó Leo—. ¿No quieres ir la primera?

—Eh, sí..., en realidad sí, pero ¿podríais quedaros muy pegados a mí?

—¡Sa!

En los pasillos estaba todo completamente oscuro. No me atrevía casi ni a mirar a los lados. Nuestras sombras parecían monstruos que querían devorarnos. Por muy sigilosos que pisáramos, a mí me parecía que estábamos zapateando el suelo.

¿No acababa de oír ahí una risa burlona? Torcí por la esquina y me asusté tanto que empecé a gritar.

—¡Flo! —exclamó Sansón—. ¿Por qué gritas?

—Se ha asustado de los cuadros —dijo Leo en voz baja—. Son de los de primero y tienen un aspecto un poco raro, porque aún no saben pintar bien.

—Sí, sí —dije rápidamente—. Voy a seguir y que no se le ocurra a nadie reírse.

Primero eché un vistazo a las aulas, pero allí no había nadie.

—¿No deberíamos mirar donde aún no hemos estado? —preguntó Leo con tiento.

—¿Quieres ir tú delante? —contesté.

Ahora fue él quien me quitó la linterna de la mano.

—¿Y adónde quieres ir?

—Donde aún no hayamos estado, porque donde ya hemos estado no hemos encontrado a nadie.

Sansón se me quedó mirando y se encogió de hombros. Luego tuvimos que darnos prisa, porque Leo ya había desaparecido con la linterna tras la esquina.

Anduvimos de aquí para allá, a la izquierda y a la derecha, en círculo, subimos una escalera, bajamos otra y volvimos a subir otra.

—¿Adónde quieres ir? —le pregunté a Leo.

Éste se detuvo y se giró hacia nosotros.

—Donde aún no hemos estado —volvió a repetir.

—En ese caso ya hemos llegado —dije —, porque aquí no habíamos estado antes.

Leo alumbró con la linterna de Sansón el pasillo que teníamos delante.

—Por ahí ya no hay salida —susurré apartándome unas asquerosas telas de araña de la cara.

Leo señaló a lo largo del pasillo.

—Allí hay otra puerta. ¿Estará cerrada?

—Podemos probar —contesté.

Leo bajó con cuidado la manecilla de la antigua puerta. Al abrirse lentamente soltó unos terribles chirridos.

—¡Esto es! —susurré—. ¡Éste es el chirrido!

—¿No sería mejor que saliéramos corriendo? —preguntó Sansón.

Pero Leo negó con la cabeza y abrió más aún la puerta. Tras ella estaba casi todo a oscuras. Tan sólo la luna asomaba por la claraboya del tejado.

Y entonces le vimos. Su cabeza estaba apoyada sobre la mesa que tenía delante. La puerta volvió a chirriar y levantó la cabeza. Su cara era pálida como la de un fantasma.

Capítulo 6

¡Que me guiñe el ojo un elefante marino!

—¡Aaaaah! —gritamos Sansón, Leo y yo.

—¡Socorro! ¡Piratas! —chilló alguien.

—¡Clemencia! —gritó el hombre con la cara de fantasma—. ¡No me hagáis daño! ¡Lo confieso todo!

—Lo que yo digo: en realidad no existen —susurró Leo.

—¿Quiénes? —le susurré.

—Los fantasmas.

—Yo también creo que ése es alguien real. Y parece tener más miedo que nosotros.

El hombre se levantó. Era bastante alto y delgado. Sus cabellos eran casi tan blancos como su cara.

Se frotó los ojos y pestañeó mirándonos. Luego cogió unas gafas de la mesa y se las puso.

—Pero si sois..., *desto...*, niños.

—¡Piratas! —dije—. Al menos yo. Y éste es Sansón, ¡que es muy, muy fuerte! Y éste es Leo, ¡que es muy, muy listo!

—Niños —volvió a repetir el hombre—. ¿Dónde estoy? Quiero decir: ¿cómo me habéis encontrado? ¿Y por qué diablos estáis aquí? Si ya es de noche.

—La gente mayor a menudo tiene reuma, como mi abuela —me susurró Leo—, así que no pueden correr muy rápido.

—Siempre podemos largarnos, pero primero quiero saber qué clase de tipo es.

—¿Quién es usted? —preguntó Sansón.

—¿Yo? Yo soy..., eh..., *desto...* —contestó el hombre—, Nulatino, José Nulatino.

—Creo que está un poco trastornado —susurró Sansón.

—¿Y quiénes sois vosotros? —preguntó el señor Nulatino.

—Yo soy Flo —contesté—, y éstos son Sansón y Leo.

—¡Socorro! ¡Piratas! —graznó alguien.

—¿Hay alguien más aquí? —preguntó Leo.

—¿Cómo? No. ¡Bueno.., sí! ¡Claro! —exclamó el hombre—. ¡Malhechor! ¡Él también vive aquí!

—¿Malhechor? —preguntamos Leo, Sansón y yo a la vez.

—Sí, es un..., *desto...* —dijo el señor Nulatino desapareciendo tras una esquina.

Cuando volvió, llevaba algo posado sobre su hombro.

—¡Un papagayo! —exclamé yo.

No era muy grande, pero era precioso, con sus plumas azules, amarillas y rojas, y unos ojos divertidos, redondos como botones. ¡Yo siempre había querido tener un papagayo así!

—¡Guay! ¡Un papagayo de verdad! —exclamó Sansón.

—¡Ya lo creo que es de verdad! —dijo el hombre riendo—. Incluso sabe hablar, pero eso ya lo habéis oído.

—¿El papagayo es suyo? —preguntó Leo.

—Sí. Bueno en realidad no. Me lo encontré. No sé de quién era antes. Fue quien le enseñó a hablar, pero, *desto...*, no son palabras muy educadas.

—¿Y qué hace usted aquí? —le pregunté al señor Nulatino.

Él pulsó un botón que había sobre la mesa ante él y en el mismo instante se iluminó la habitación.

Lo que pudimos ver entonces nos dejó boquiabiertos.

—¡Guay! —exclamó Sansón—. ¿Qué es todo esto?

—Mi... *desto...* ¡Mi taller secreto! Sorprendidos, ¿a que sí?

¡Ya lo creo! La habitación estaba abarrotada hasta el techo con aparatos. Había ordenadores, televisores, todo tipo de herramientas, tableros con muchos botones, palancas y relucientes lucecitas. También había estanterías repletas de todo tipo de chismes. No tenía ni la más remota idea de para qué podrían servir todas esas cosas.

—¡Que me guiñe un ojo un elefante marino! ¿Para qué necesita todo esto? —le pregunté.

—Yo soy un... *desto,* un detective secreto. Y también un inventor, para ser exactos.

—¿Eeeh? —le pregunté.

—Algo así como un policía, ¿entendéis?

—Mi madre también es policía —dijo Leo.

—Oh —dijo el señor Nulatino.

—¿En serio? —dije sorprendida—. ¡Eso aún no lo habías contado!

—Tampoco has preguntado.

El señor Nulatino carraspeó.

—Bueno, eh..., yo soy algo parecido a un... *desto,* a un policía. Pero mis casos son secretos. Son tan secretos que ni siquiera la policía debe enterarse de ellos.

—¿Tampoco mi madre? —preguntó Leo.

—No, ella tampoco.

—Y entonces, ¿por qué está usted aquí? —le preguntó Leo—. Mi madre trabaja en una oficina de la Policía Local. Así que usted debería estar en una oficina de los Detectives Secretos.

El señor Nulatino miró a su alrededor como si allí hubiera alguien más que nos pudiera espiar.

—*Desto...* —dijo entonces en voz baja—. ¡Camuflaje! ¡No debo ser descubierto!

—¡Porque usted es secreto! —exclamó Sansón.

—¡Ya lo creo! ¡Además estoy en peligro! Los delincuentes a los que ya he conseguido atrapar no se andan con tonterías. Podéis creerme.

—¿Teme usted que puedan vengarse? —le pregunté.

—¡Pues sí! Por eso me asusté tanto cuando llegasteis. Me había quedado dormido por un instante y no llevaba puestas mis gafas. Por eso creí que vosotros erais..., *desto...*, delincuentes.

—¿Por eso gritó «¡No me hagáis daño! ¡Lo confieso todo!»? —preguntó Leo.

—¿Cómo? Sí..., no..., eh..., bueno, eso era un truco, naturalmente. En realidad no habría confesado nada.

—¿Y para qué necesita usted todos estos chismes que tiene aquí? —le pregunté.

—¿Chismes? —exclamó el señor Nulatino—.

¡Esto es mi equipamiento! ¡Mis herramientas! Con esto construyo *desto...*, ¡mis invenciones de detective!

—¡Guay! —exclamó Sansón—. ¿Y qué es lo que inventa?

Nuevamente el señor Nulatino miró a su alrededor.

—Cosas útiles —dijo en voz baja—. Al menos para un detective secreto. Cosas para observar, para espiar, para escuchar y muchas cosas más.

—¿Y pretende que le creamos? —le pregunté.

—¿Y por qué no? Yo también debo creerme que eres una pirata, ¿no?

—Cierto —contesté sin más.

—Ahora será mejor que os marchéis —dijo el señor Nulatino—. A vuestra edad ya deberíais estar durmiendo a estas horas. ¡Espero que no me delatéis, porque mi escondite debe permanecer secreto!

—¡Entonces haremos el juramento de los piratas! —exclamé.

—¿Y eso cómo va? —preguntó Sansón.

Inspiré profundamente.

—¡Por la gran ballena, por el pequeño pez y también por la delgada raya! ¡Al que un pirata hace un juramento, a ése jamás le falla! —dije tan alto como pude—. Ahora tenéis que jurarlo.

—¡Lo juro! —exclamaron Leo y Sansón.

—Gracias —dijo el señor Nulatino—. Así pues ahora tenemos un secreto secretísimo.

—¡Socorro! ¡Buitres! —graznó Malhechor.

—Pero ¿podemos volver? —pregunté—. ¿Y podré llevar a Malhechor sobre mi hombro?

—Claro que sí. Pero tened cuidado de que nadie os siga.

—¡Guay! —exclamó Sansón.

Ya había llegado a la puerta, cuando escuché un rugido. Asustada me giré.

—No temáis —dijo el señor Nulatino—. Sólo era *desto...*, mi estómago.

—¿Tiene usted hambre? —le pregunté.

El señor Nulatino suspiró.

—Sí, un poco. Cuando aún estaba solo en el castillo, podía salir a hurtadillas para conseguirme algo. Pero desde que el castillo es un colegio, ya casi no puedo moverme.

—¡Nosotros le traeremos algo! —exclamó Sansón—. ¡Mañana mismo!

El señor Nulatino le sonrió.

—Eso sería muy amable por vuestra parte.

Durante el camino de vuelta ya no pasamos miedo.

Bajamos por una escalera, subimos por otra y volvimos a bajar por otra, anduvimos en círculo, volvimos por la derecha y por la izquierda y anduvimos por allá y por aquí.

—¿Creéis que el señor Nulatino de verdad es un detective secreto?

—Tal vez sí —dijo Leo—, aunque tal vez no.

—¡Pero de todas formas es guay! —exclamó Sansón—. ¡Y es nuestro secreto!

—¡Para siempre y toda la vida! —exclamó Leo.

A la mañana siguiente esperé a que mamá saliera de casa. Luego corrí a la cocina y metí tanta comida en mi cartera como cabía en ella.

Leo y Sansón también habían saqueado en sus casas el frigorífico. Eso sería suficiente para empezar. En el primer recreo queríamos ir a ver al señor Nulatino a hurtadillas para llevarle la comida.

Pero eso no era tan sencillo, porque le tocaba la vigilancia del recreo a Popo. Y como el patio del castillo es pequeño, nos podía ver en todo momento. Finalmente, mientras Popo se vio obligada a separar a dos chicos que se estaban peleando, nosotros conseguimos pasar de un brinco por la puerta de los leones.

—¡Uff! —jadeó Sansón—. ¡Esa tonta de Popo! ¡Siempre lo ve todo!

—¡Venga, ahora deprisa a ver al señor Nulatino antes de que se termine el recreo!

Fuimos a recoger la comida a nuestra clase. Luego corrimos de aquí para allá, corrimos a izquierda y derecha, una escalera arriba y otra abajo y subimos otra arriba.

Por fin nos plantamos frente al escondite de detective secreto del señor Nulatino y llamamos a la puerta.

—¡*Desto...*, adelante! —dijo el señor Nulatino desde el interior.

Con cuidado abrimos la puerta.

—¡Socorro! ¡Piratas! —graznó Malhechor.

—Le hemos traído algo para comer —le dije al señor Nulatino.

—Tal como prometimos —completó Leo.

—¡Todo muy rico! —exclamó Sansón.

El señor Nulatino nos miró muy contento y tragó saliva.

—¡Gracias! —dijo sin más.

Cogió la comida que le entregamos y, mientras se dirigía a su mesa, ya iba comiendo.

—Por cierto, me podéis llamar José —dijo el señor Nulatino con la boca llena.

—¿Puedo llevar a Malhechor una vez sobre mi hombro? —le pregunté.

El señor Nulatino no tuvo ocasión de contestar. La puerta se abrió violentamente y nos topamos directamente con la cara enrojecida de Popo.

CAPÍTULO 7

¡Que se ría de mí una carpa!

—¡Ballena gorda a la vista! —graznó Malhechor.

—¿Cómo? —exclamó Popo—. ¿Quién ha dicho eso?

—¡Nosotros no! —dijo Leo enseguida.

—Por todos los diablos, ¿qué estáis haciendo vosotros aquí? —bufó Popo—. Ya sabéis que durante el recreo no podéis...

En mitad de la frase dejó de hablar y clavó su mirada, pasando de nosotros, en José Nulatino.

—¿Quién es ése? —chilló.

—¡Vejestorio! —graznó Malhechor.

—¡Cierra el pico! —gritó José.

Popo casi se desmaya.

—¿Cómo se atreve?

José se levantó de un salto.

—No me refería a usted, estimada señora. Me refería a Malhechor.

—Es un papagayo —dijo Leo, e intentó sonreír.

La boca de Popo se abrió y cerró un par de veces.

—¿Papagayo? —jadeó—. ¿Acaso os parece gracioso?

—¡De un culo podrido nunca sale un pedo divertido! —gritó Malhechor a todo pulmón.

Popo se echó la mano al pecho, se apoyó contra la pared e intentó coger aire como una carpa en tierra.

—¡Esto, esto es demasiado! —jadeó—. ¡Qué desfachatez!

—Lo del pedo es del señor Goethe —dijo Leo—. Era uno muy famoso...

—¡Leonardo Avecanto, tú te callas! —le increpó Popo—. ¡Id a la sala de profesores! ¡Inmediatamente!

—Es culpa mía, señora Po, Po, *desto...* —dijo José—. Los niños sólo me...

—¡Polipotowski! ¡Debería usted quedarse con

mi nombre, señor mío! Y vosotros, ¡largo!, ¡a la sala de profesores!

—¡Asco de colegio! —graznó Malhechor detrás de nosotros.

Sin decir una palabra más, nos fuimos escalera abajo, otra escalera arriba y otra nuevamente abajo. Nos escabullimos en círculo, nos escabullimos a la derecha y a la izquierda y nos escabullimos de allá para acá. Y entonces nos encontramos ante la sala de profesores.

Yo sólo miré brevemente a Sansón y a Leo, y luego llamé a la puerta. Fue precisamente mamá la que abrió.

—¡Flo! —exclamó sorprendida—. ¿Por qué no estáis en vuestra clase?

—Po..., quiero decir, la señora Polipotowski ha dicho que vengamos a la sala de profesores.

—¿Y por qué?

—Señora Jilguero, ¿nos deja entrar primero? —preguntó Leo.

Cuando llegó la señora Polipotowski tuvimos que confesar.

—Es que es un detective secreto —dijo Leo finalmente—. Por eso tiene que esconderse.

—¡Detective secreto! ¡Habrase visto! —se rió el señor Mata, y entonces ya no me pareció tan simpático.

—¿Qué va a pasar ahora con él? —pregunté a mamá.

—Eso ya lo hablaremos, pero sin vosotros. Ahora, por favor, id a vuestra clase. Os pondremos tanto a vosotros como a las demás clases un trabajo, para realizar en silencio, mientras nosotros deliberamos qué hacer. Y nosotras, Florentina, ya discutiremos después del colegio.

¡Eso es lo que pasa por tener una mamá directora de un colegio!

Los demás de la clase se alegraron de que no tuviéramos Lenguaje. Leo, Sansón y yo no nos alegramos en absoluto.

—Es culpa nuestra —dijo Sansón en voz baja—. Le hemos traicionado.

—Tal vez pueda quedarse a vivir aquí de todas formas —dije.

—Ojalá —suspiró Leo.

De repente alguien gritó y señaló por la ventana.

—¡La policía! ¡Ha venido la policía!

Leo, Sansón y yo llegamos a la vez a la ventana y miramos hacia fuera. Efectivamente, allí había un coche de la policía.

—¿Creéis que será para él? —susurró Sansón.

Leo únicamente asintió con la cabeza.

—¿Qué querrá la policía aquí? —preguntó alguien.

—A lo mejor tenemos a un delincuente en el edificio —dijo otro.

—¡Na! ¡Ningún delincuente! —exclamó Sansón.

—¡Pues sí! —chilló Estela—. ¡Le han detenido!

Por desgracia Monstruito tenía razón. Por la puerta de los leones pasaron dos policías, y entre ellos, iba José, que llevaba una jaula en la que estaba Malhechor.

—Una jaula —dije en voz baja—. Lo han encerrado en una jaula.

De buena gana me habría echado a llorar.

—¡Con la pinta que tiene ése, debe de ser un criminal peligroso! —chilló Estela de nuevo.

—¡No lo es! —le grité.

Ella se me encaró.

—No me digas, ¿y tú cómo lo sabes, pulga sabionda?

Yo ya sólo lo vi todo rojo y me abalancé sobre ella. Si Sansón no se hubiera puesto en medio, creo que le habría arrancado uno a uno sus estúpidos rizos rubios de la cabeza.

—¿Qué está pasando aquí? —tronó la voz de Popo por la clase—. ¡Sentaos ahora mismo en vuestros sitios! ¡Y no quiero oír ni una mosca!

Le hice ese favor. Hasta que sonó el timbre no dije una sola palabra, ni tampoco Leo, ni Sansón.

—¿Te ha regañado mucho tu madre? —me preguntó Sansón cuando, por la tarde, él y Leo estaban sentados en mi habitación.

—La verdad es que no —murmuré—, pero me ha dicho que José no puede quedarse a vivir aquí.

—Mi madre me ha contado que la policía conoce a José —dijo Leo.

—¿Tu madre le conoce? —preguntó Sansón.

Leo negó con la cabeza.

—Ella no le conoce. Como sólo lleva en la policía de aquí un par de semanas... Pero los demás policías sí le conocen.

—¿Y de verdad es detective? —le pregunté.

—Mi madre dice que los demás colegas le han contado que es un chiflado.

—¡Un chiflado! —exclamé—. ¡Ellos sí que están chiflados!

—¡Sa! ¡José no es ningún chiflado, pero ellos no lo saben, porque es un detective secreto!

—¿Le han encerrado los colegas de tu madre? —preguntó Leo.

—Por suerte, no. Ahora está en una casa de acogida para los sin techo.

—¿Casa de qué? —preguntó Sansón.

—Donde puede vivir la gente que no tiene otra vivienda.

—Pero si José tiene una vivienda —dije yo—. ¡Aquí! Me parece cruel que no le dejen quedarse aquí. ¡Si no molesta a nadie!

—¡Exacto! —dijo Leo—. ¡El castillo es suficientemente grande!

—¿Y ahora qué hacemos? —preguntó Sansón.

—Me gustaría decirle que lo siento. Al fin y al cabo, Popo le encontró por nuestra culpa —contesté.

—¿Queréis que vayamos a hacerle una visita? —preguntó Sansón.

—Me gustaría mucho, pero no tengo ni idea de dónde está esa casa de acogida.

Leo sacó un papel del bolsillo.

—Ya me imaginaba yo que iríamos a visitarle. Por eso me anoté la dirección de la casa de acogida.

—¡Leo, eres un sabiondo, pero a veces resultas sencillamente genial! —exclamé y me alegré de ver que su cara se convertía en un tomate reluciente.

Por suerte, Sansón llevaba toda su vida viviendo aquí. Por eso sabía qué autobús teníamos que coger.

—Pero si esto parece una cárcel —dijo Sansón cuando nos encontramos delante de la casa de acogida.

Por lo visto, hacía mucho tiempo que no habían pintado la fachada del edificio. Por todas partes se descascarillaba la pintura. Aunque tenía un pequeño jardín a la entrada, no había en él más que hierbas altas y ortigas, en vez de las habituales flores.

Tuvimos que subir una larguísima escalera para llegar a la puerta de entrada. Allí nos encontramos un letrero en el que ponía: *Casa de acogida para los sin techo.*

Con cautela abrí la puerta.

—No está cerrado con llave —dije en voz baja—. ¿Creéis que podemos entrar así sin más?

—Sólo Sansón y yo —contestó Leo—. Porque nosotros somos hombres.

—¡Que se ría de mí una carpa! ¡Nunca lo hubiera dicho! ¡Hombres, puf! —les aparté de la puerta y me planté en un pasillo muy largo.

—Esto no me gusta nada —susurró Sansón—. Todo lleno de azulejos blancos. Como en un hospital.

—Y también huele un poco raro —susurró Leo.

—¡Hola! —llamé, y me asusté al ver que retumbaba como en una iglesia.

De repente se abrió una puerta al otro lado del pasillo y un hombre se acercó a nosotros con grandes zancadas.

CAPÍTULO 8

¡Que me ladre un atún!

—¿Salimos por piernas? —nos susurró Sansón.

—¡De eso nada! —dije yo enseguida—. ¡Vamos a visitar a José y a Malhechor!

El hombre era bastante joven y llevaba una coleta. Me alegré al ver que nos sonreía.

—¿Os habéis perdido? —nos preguntó.

—¡Na! —contestó Sansón—. ¡Venimos a ver a José!

—¿A quién?

—Al señor Nulatino —dijo Leo—. Vive aquí.

El hombre de la coleta abrió los ojos como platos.

—¿A Desto? ¿Qué es lo que queréis de él?

—¿Desto? —pregunté yo.

—Sí, así le llamamos aquí —se rió el hombre.

—Porque lo dice siempre —opinó Leo—. Nosotros ya nos habíamos dado cuenta.

—Chico listo.

—Sabiondo le pega más —dije en voz baja.

—¿Sois alumnos del castillo? —preguntó el hombre de la coleta.

Los tres asentimos con la cabeza.

—Bueno, en ese caso entrad ahí delante. Es donde está nuestra sala de visitas. Yo iré a por él.

—¿Sala de visitas? ¿Es que no podemos entrar en su vivienda?

—Los hombres de aquí no tienen vivienda. Duermen en una sala dormitorio junto a otros hombres, y éstos no se alegrarían precisamente si vieran de repente aparecer por allí a tres niños.

La sala de visitas era fría y no muy acogedora. Las paredes estaban pintadas de blanco. No había cuadros colgados de ellas, tan sólo un calendario. En el centro de la habitación había una mesa con sillas de plástico alrededor. Aun así nos quedamos de pie.

Por suerte, José no tardó en aparecer. Llevaba consigo a Malhechor en su jaula. De buena gana le habría sacado inmediatamente de allí.

—¡Vaya! ¡A vosotros sí que no os esperaba! —exclamó José.

—¿Tiene que quedarse en esa jaula? —le pregunté señalando a Malhechor.

José se encogió de hombros.

—Por desgracia no hay más remedio. Aquí no me permiten que le deje, *desto...*, salir.

—Lo que yo decía —gruñó Sansón—, igual que en la cárcel.

—¡Mierda de trena! —graznó Malhechor.

—¿Por qué habéis venido? —preguntó José.

—Queríamos disculparnos —contestó Leo—. Porque fue culpa nuestra que Popo te descubriera.

—¿Popo? —se rió José—. ¡Qué apropiado! Pero no tenéis que disculparos. De todas formas más tarde o más temprano me habrían descubierto. En un..., *desto...*, colegio no se puede uno esconder por mucho tiempo.

—¿Y ahora qué vas a hacer? —preguntó Leo.

—¡Aquí seguro que no me quedo! —dijo José riendo—. Pero para mí no es fácil encontrar un piso.

—¡Porque tiene que permanecer secreto! —exclamó Sansón.

—¿Cómo? Sí..., exacto.

—Entonces, ¿adónde vas a ir? —le pregunté.

—Aún no lo sé. Tal vez a... *desto...,* Sudamérica.

—¡Sudamérica! —exclamé—. ¡Que me pise una morsa!

—¿Dónde está Sudamérica? —preguntó Sansón.

—Al sur de Norteamérica —contestó Leo.

—Sabiondo —le bufé.

—¿Y cómo vas a llegar hasta allí? —preguntó Leo—. ¡Si Sudamérica está muy lejos!

—Podría enrolarme en un barco. A Malhechor seguro que le gustaría.

—¡Tierra a la vista! —graznó Malhechor.

A Sudamérica con Malhechor. ¡En eso no debía ni pensar!

—¿Qué va a pasar ahora con José? —le pregunté a mamá durante la cena.

—No lo sé. Lo único que está claro es que no se puede quedar a vivir aquí.

—¿Y por qué no?

—Porque..., porque no puede ser. ¡Ya te lo he dicho! Mañana decidiremos qué hacer con sus cosas. Me pregunto cómo vamos a sacar todos esos chismes de allí. ¡Ay...! Si al menos tuviéramos un conserje.

—Mamá, ¿no podéis dejar que José se quede aquí a vivir? ¡Por favor!

—Ay, hija —suspiró mamá—. ¿Cuántas veces voy a tener que decirte que eso no es posible?

Me lo podría haber dicho cien veces más, pero aun así seguiría estando mal.

Después de la cena me fui enseguida a mi habitación. Me tumbé en la cama y miré por la ventana. Aquella noche, la luna no estaba visible. Estaba completamente oscuro. El viento aullaba alrededor de nuestra casa y la lluvia golpeaba contra las ventanas. El tiempo pegaba con mi estado de ánimo.

No hacía más que pensar y pensar en cómo podríamos ayudar a José y a Malhechor, para que no tuvieran que emigrar a Sudamérica. ¡Y entonces tuve una idea de repente!

A la mañana siguiente seguía lloviendo. A mí no me importó. Si mi plan salía bien, por mí, podía seguir lloviendo toda la semana.

Me agaché en el patio del castillo junto a una de las columnas de piedra y esperé a que llegaran Leo y Sansón.

Cada vez más alumnos llenaban el patio del castillo. Después de un rato vi llegar a lo lejos a dos figuras. A pesar de que llevaban el cuello de las chaquetas levantado, reconocí de inmediato a mi amigo grande y gordo y a mi amigo pequeño y esmirriado.

—¡Venid aquí! —los llamé.

—¡Pero si está lloviendo mucho! —se quejó Sansón—. ¡Me voy a poner como una sopa y me voy a resfriar!

—Sólo quiero contaros rápidamente mi idea, pero no quiero que se enteren los demás.

—¿Qué idea? —preguntó Leo.

—Sólo os diré una palabra: ¡conserje!

—Pero si no tenemos ninguno —dijo Leo.

—Pues eso.

—No lo pillo —dijo Sansón.

—¡Pues pensadlo un momento! Leo, ¿tú no eres siempre tan listo?

Leo se me quedó mirando con los ojos muy abiertos.

—¿Por qué me miras así? —le pregunté.

—Estoy pensando.

—Ah, bueno.

—A Leo eso se le da bien —dijo Sansón.

—¡José! —exclamó Leo de repente.

—¡Exacto!

—Sigo sin pillarlo —dijo Sansón.

—¡José podría ser el conserje de nuestro colegio! —exclamó Leo—. ¡Así se podría quedar aquí a vivir!

—¡Sa! —exclamó Sansón—. ¡Ahora lo he pillado! ¡Es una idea supergenial, Leo!

—¡Gracias!

—¡Que me ladre un atún! —exclamé—, ¡pero si ha sido idea mía!

—Qué más da —dijo Sansón—. ¡Vamos a preguntarle a José si quiere ser nuestro conserje!

—Primero tienen que estar de acuerdo los profesores —dijo Leo.

—Sí, y yo ya sé cómo lo vamos a hacer —añadí—. Le preguntaré a mamá si podéis venir luego a casa a comer con nosotras. Entonces intentaremos convencerla entre los tres. Si mamá está a favor, los demás profesores seguro que también lo estarán.

—¡Sa! ¡Como tu madre es la jefa!

—Ojalá esté de acuerdo —suspiró Leo—. Porque a veces los jefes no tienen ni idea. Eso dice siempre mi madre.

Capítulo 9

¡Que me eructe una foca!

Por suerte, mamá no puso objeciones para que Leo y Sansón vinieran a comer a casa. Con la ayuda de los dos seguro que podría convencerla de que contratasen a José como conserje.

Pero ¿cómo empezar?

Íbamos ya por el postre y yo seguía sin tener ninguna idea.

—¡Leo haf tenifdo unaf ideaf genial! —dijo Sansón de repente con la boca llena.

Mamá le miró con aire severo y él enseguida volvió a callarse.

—Mamá, la idea es realmente buena —dije yo.

—¿Y qué idea es ésa?

Les eché una mirada furtiva a Sansón y a Leo.

—¡Que contratéis a José, al señor Nulatino, como conserje!

Ya lo había soltado. Miré a mamá y ella me miró a mí.

—¿Cómo dices? —preguntó finalmente.

¡Oh, oh! Eso no sonaba nada bien.

—Seguro que podría arreglar cantidad de cosas —dijo Leo echándome un cable.

Mamá miró un buen rato en su plato.

—La verdad es que necesitamos urgentemente un conserje —dijo entonces.

—¡Pues eso!

—¿Y por qué debería el alcalde aceptarlo?

—Porque José no necesita dinero —dijo Leo enseguida—. Cuando vivía en la torre tampoco lo necesitaba.

—Sólo afgo pa comee —masculló Sansón.

Mamá nos miró a uno tras otro.

—Nunca os vais a dar por vencidos, ¿verdad?

—¡Jamás! —dije sonriendo con picardía—. ¿Y qué? ¿Estás de acuerdo? —le pregunté.

Mamá no dijo nada, sino que pinchó pensativa con su tenedor en la comida. Luego, de repente, asintió con la cabeza.

—Está bien. Podemos probar, siempre y cuando el alcalde esté de acuerdo.

Ése fue el momento en el que Sansón, Leo y yo llevamos a cabo un baile de júbilo de pirata-detective-secreto. Mamá no tuvo más remedio que regañarnos para que parásemos de una vez.

—Mamá, ¿vas a llamar al alcalde? —le pregunté.

—Sí, claro. Luego.

—¡Luego no! ¡Ahora! ¡Por favor!

—Que si no, se marcha a Sudamérica —dijo Sansón.

—¿Adónde?

—A Sudamérica. Eso está al sur de Norteamérica —dijo Leo.

—Sa, porque como es un detecti..., ¡ay!

Por suerte mi pierna era lo suficientemente larga para darle a Sansón una patada en la espinilla por debajo de la mesa.

—Vale, ya voy —suspiró mamá levantándose—. De lo contrario no me vais a dejar en paz.

Leo, Sansón y yo nos quedamos sentados y nos cogimos de las manos, deseando con todas nuestras fuerzas que el alcalde dijera que sí.

—¿Qué ha dicho? —pregunté a mamá cuando volvió a entrar.

Ella sonreía de oreja a oreja.

—Que si yo asumo la responsabilidad, está de acuerdo. Como siempre. ¡Muy típico de él! Pero incluso se ha mostrado de acuerdo en pagarle un sueldo, uno pequeño. A fin de cuentas, todo el mundo debería cobrar por su trabajo.

A eso siguió la segunda parte del baile de júbilo de pirata-detective-secreto.

—¿Podemos ir a ver a José para decírselo? —pregunté a mamá cuando ya estábamos completamente exhaustos.

—Primero deberíais preguntarle. Tal vez no esté de acuerdo y prefiera irse... ¡al sur de Norteamérica!

Esta vez la casa de acogida no me pareció tan fea, a pesar de que seguía recordándome un hospital y seguía oliendo tan raro.

No tardamos en encontrar al hombre de la coleta.

—¿Queréis volver a ver a Desto? —nos preguntó.

—¡Sí! —contesté—. Tenemos que contarle algo. ¡Urgentemente!

—¡Superurgente! —exclamó Sansón.

El hombre de la coleta se encogió de hombros.

—Sintiéndolo mucho, llegáis tarde. Ya no está aquí.

—¿Es que ya está en Sudamérica? —le pregunté.

—¿En Sudamérica? No, ni siquiera él es tan rápido. Pero quería marcharse de aquí, eso sí me lo dijo.

El corazón casi se me para.

—¿Y adónde ha ido?

—Creo que quería irse al mar.

—¿Pero a qué mar? —preguntó Leo—. Si eso está muy lejos.

—Posiblemente quiera ir hasta allí en tren. Habrá ido primero a la estación.

—¿Y cuánto hace que se ha ido?

—Aproximadamente una hora. Ya estará sentado en el tren.

Miré a Sansón.

—¿Sabes dónde está la estación de tren?

—¡Claro! Mi abuela siempre viene en tren.

—¡Vamos! —exclamé—. ¡Démonos prisa!

Como Sansón no sabía qué autobús iba a la estación, tuvimos que ir todo el camino a pie, ¡y era bastante lejos!

Las calles estaban llenas de gente, y eso que estaba lloviendo a cántaros. Después de tan sólo unos metros, nuestros zapatos y nuestra ropa estaban empapados. Mis calcetines parecían esponjas mojadas y la lluvia me corría por la cara al escote. Pero daba igual. Nosotros seguimos corriendo. Serpenteábamos entre la multitud que nos venía de frente, saltamos por encima de charcos y a veces, cuando corríamos a lo largo de los escaparates de los comercios, incluso conseguíamos no pillar la lluvia de cara. Sansón corría jadeando a mi lado. A él seguro que le costaba mucho más correr que a Leo y a mí, pero no se quejó en todo el camino. ¡Todos queríamos que José se quedara con nosotros!

¡Por fin tuvimos la estación a la vista!

—¡Ojalá aún no se haya ido! ¡Ojalá aún no se haya ido! —dije en voz baja para mí misma.

La sala de la estación era por lo menos tan grande como un campo de fútbol. Alrededor de ella había comercios ante los cuales encontramos a más gente que en las calles. ¿Cómo íbamos a encontrar aquí a José y a Malhechor?

Leo señaló hacia las taquillas, al otro extremo de la sala de la estación, tras las cuales había hombres y mujeres vestidos de uniforme.

—Ésos seguro que nos podrán informar.

—¡Pero hay mucha gente haciendo cola! —exclamé mientras corríamos hacia las taquillas.

—¡Na! ¡Allí en la esquina no hay nadie!

Con nuestras últimas fuerzas nos dirigimos a esa taquilla.

—¿Sabe usted cuándo sale el próximo tren hacia el mar? —jadeé ante el hombre que estaba sentado tras el mostrador.

El hombre se inclinó hacia nosotros.

—¿Queréis una información?

—Na —dijo Sansón—. Sólo queremos saber cuándo sale el próximo tren hacia el mar.

—Eso es una información —contestó el hombre—. Yo sólo despacho billetes, no información. En la siguiente ventanilla tendréis billetes, con información, y en la de al lado podéis obtener información sin billete.

—¿Quéeee? No lo pillo.

—Que tenéis que poneros en otra ventanilla.

—¡Pero hay demasiada gente! —exclamé—, ¡y nosotros no tenemos tiempo!

—Pues aquí no vais a recibir información.

—¡Que me eructe una foca!

—¿Y qué pasa con mi mamá? —dijo Sansón de repente poniendo cara de echarse a llorar de un momento a otro.

El hombre de detrás del mostrador se encogió.

—¿Cómo dices?

—¡Mi mamá va a viajar al mar! —exclamó—. ¡Y se ha olvidado de mí!

Leo y yo nos miramos y entendimos al instante la intención de Sansón.

—Su madre le ha dejado en casa olvidado —dijo Leo enseguida—. Tenemos que encontrarla antes de que salga el tren.

—Aun así tenéis que poneros al otro...

—¡Pero yo no quiero! —gritó Sansón furioso.

—¿Qué está pasando aquí? —preguntó una señora gorda que estaba con su aún más gordo marido haciendo cola en la otra ventanilla.

—Yo..., yo tampoco lo sé —dijo el hombre detrás del mostrador—. El chico gordo parece ser que...

—¿Quién está gordo? —gritó Sansón, que casi salta por encima del mostrador.

El hombre gordo se acercó con su gorda mujer de forma amenazadora al hombre de uniforme. Éste enseguida se escabulló hacia el rincón más alejado del mostrador.

—¿Tiene usted algo contra la gente que tiene unos cuantos gramos de más en las costillas? —gritó el hombre gordo.

—¿Y tiene usted algo contra los niños? —gritó la mujer gorda.

—¡Qué desvergüenza! —exclamaron algunas personas de las otras filas—. ¡Ha tratado mal a unos pobres niños!

—No, no —tartamudeó el hombre desde su rincón del mostrador—. Si yo no tengo nada contra los niños.

—¡Pues entonces dígales de una vez lo que quieren saber! —tronó el hombre gordo.

El hombre tras el mostrador se levantó de un brinco y echó mano de un libro.

—¡Sí, señor! ¡Ahora mismo, señor! Al mar, al mar... —murmuró mientras pasaba las páginas del libro.

¡El tiempo pasaba y pasaba y yo casi no aguantaba más!

—¡Ah, sí! Aquí hay uno —dijo por fin—, pero por desgracia hace cinco minutos que ha salido.

¡Demasiado tarde! José y Malhechor se habían ido. ¡A Sudamérica!

No quería hacerlo, pero sabía que de un momen-

to a otro me iba a echar a llorar, y esta vez no sería fingido como lo de Sansón.

—No, esperad un momento —dijo el hombre del uniforme de repente inclinándose con cuidado por encima del mostrador hacia nosotros. Probablemente seguía teniéndole miedo al hombre gordo y a su gorda mujer—. En la pantalla pone que el tren viene con retraso, pero no es mucho. Si os dais prisa, tal vez aún lleguéis a tiempo. Vía tres.

—¡Gracias! —les dijimos al hombre gordo y a su gorda mujer, y salimos corriendo.

CAPÍTULO 10

¡Que me raye una raya!

Por suerte en la estación había muchos letreros informativos. Por eso no tardamos en encontrar la vía tres. Corrimos escaleras arriba. Detrás de mí jadeaba Sansón.

—¡Lo de lloriquear ha sido una buena idea! —le dije.

—En casa también lo hago siempre cuando quiero quedarme más tiempo a ver la tele —jadeó Sansón.

¡Tengo que recordar eso!

—¡Allí está el tren! —exclamó Leo—. ¡Tenemos que encontrar a José antes de que suba!

Giramos nuestras cabezas en todas direcciones, pero no pudimos ver a José por ninguna parte.

—¡Por favor, los pasajeros que suban al tren! —se oyó desde los altavoces.

—¡No! —grité—. ¡José! ¡Malhechor! ¿Dónde estáis? ¡No podéis marcharos!

No sirvió de nada. El tren salió y muy pronto ya sólo pudimos distinguir las luces traseras.

Me apoyé contra la pared.

—¡Hemos llegado tarde!

—¡Tierra a la vista!

—¡Pero si ahí están los... *desto,* los niños!

Di un salto de casi medio metro.

—¡José! —gritaron Sansón y Leo.

—¡Malhechor! —grité yo.

Y entonces los vimos.

—¿Habéis venido a despedirnos? —preguntó José—. No era necesario, porque Malhechor y yo no nos vamos.

—¿Y eso por qué? —le pregunté.

José se encogió de hombros.

—Estábamos en la *desto...,* la vía equivocada. Y cuando nos dimos cuenta, el tren ya se había ido.

A
B
C

—Tenías que haber consultado las pantallas —dijo Leo—. En ellas se indica desde dónde...

—¡Alégrate de que no lo supiera! —le interrumpí.

—Ah, bueno. Tienes razón.

—¿Por qué os alegráis de ello? —preguntó José.

—Porque nosotros no hemos venido a despedirte —contestó Leo—. Queremos que vuelvas a vivir en el castillo.

—Pero si ya sabéis que no puedo.

—¡Sí que puedes! ¡Como conserje! —exclamó Sansón.

—¡Mi madre está de acuerdo! —exclamé.

—¡Y el alcalde también! —añadió Leo.

José se nos quedó mirando.

—¿Lo estáis diciendo en serio?

—Ya lo creo —dije—. ¿Y qué? ¿Lo harás? Por desgracia no te pagarán mucho dinero.

—Para ser exactos, sólo un poco —dijo Leo.

—El dinero no es problema —contestó José—. Nunca he tenido mucho y si puedo quedarme con mi *desto...*, mi taller, entonces ya es suficiente.

—¿Significa eso que estás de acuerdo? —volví a preguntar.

José miró hacia arriba, a Malhechor.

—¿Tú qué dices, viejo amigo?

—¡Mierda de trena! —gritó Malhechor.

—Creo que eso significa que sí —se rió José.

Aquella misma tarde José pudo volver a su taller. Yo ya estaba deseando ver la cara de Estela a la mañana siguiente.

Justo cuando Leo y Sansón iban a irse a sus casas, llamaron a la puerta. Era José.

—Sólo quería darles una vez más las gracias, a usted y a los niños —le dijo a mamá.

Asombrosamente, ella se puso un poco colorada. Se ve que en eso me parezco a ella.

—No hay de qué, señor Nulatino. Los niños me convencieron. Además es cierto que su ayuda nos vendrá muy bien.

—Y yo estoy deseando empezar —dijo el detective secreto con una sonrisa pícara—. ¿Deja que los niños vengan un ratito a mi *desto...*, a mi taller?

—¡Ay, sí! —exclamé—. ¡Por favor, mamá!

—Está bien. Pero no estéis mucho rato, que Leo y Sansón tienen que irse a casa.

—¿Por qué querías que viniéramos contigo? —le pregunté a José en su taller.

José se plantó delante de nosotros.

—Creo que habéis demostrado que tenéis madera para ser buenos..., *desto...*, detectives secretos.

—¿Nosotros? —preguntó Leo sorprendido—. ¡Pero si no sabemos nada de eso!

—Tal vez no podáis hacerlo solos, pero juntos sí.

—No lo pillo —dijo Sansón.

José se inclinó hacia él.

—Tú eres el más fuerte.

—¡Superfuerte! —dijo Leo.

—Exacto. ¡Y por eso tú deberás acarrear el equipo de detective secreto! —de repente José tenía una mochila en la mano y se la entregó a Sansón.

—¡Un equipo de detective! ¡Guaaay! —exclamó—. ¿Y eso qué es?

—¿Por qué no miras dentro?

Sansón abrió la mochila y miró en su interior.

—¡Ooooh! ¡Si hay de todo! ¡Linterna! ¡Brújula! ¡Destornillador!

—¡Y muchas más cosas! —se rió José; luego se dirigió a Leo—. Y tú eres el más listo.

—¡Superlisto! —exclamó Sansón.

—Y por eso, esto va a ser para ti —dijo José entregándole a Leo un libro.

—*Los mejores trucos de los detectives secretos* —leyó Leo en voz alta.

—¡Los mejores..., *desto...*, trucos, con diferencia! —exclamó José—. Este libro me ha ayudado ya muchas veces.

—Y entonces, ¿por qué no te lo quedas? —preguntó Leo.

—Me lo sé de memoria. Además lo he escrito yo mismo.

—¿Por eso no tiene el aspecto de un libro de verdad? —preguntó Leo.

—Bueno, eh, es que también lo he hecho yo mismo. Por eso precisamente es tan valioso. Porque únicamente existe un ejemplar.

Leo no dijo nada más, sino que abrazó el libro como si fuera el tesoro más valioso del mundo.

Y entonces, José me miró a mí. Mi corazón palpitaba con fuerza. ¿Me daría a mí también algo?

—Tú me dijiste que eres una pirata. ¿Es eso cierto?

—Sí —dije con media voz.

José movió la cabeza negativamente.

—Eso no es cierto.

—¿Pero por qué no?

—Tú no eres una simple pirata. También eres una líder, la capitana. ¿No es así, chicos?

—¡Una supercapitana! —exclamó Sansón.

—¡Una superlíder! —exclamó Leo.

—Pues eso. Y un capitán necesita a alguien para que no se sienta tan solo. Porque eso es lo que les pasa a veces a los capitanes.

Lo que hizo después casi no me lo podía creer. José cogió a Malhechor de su barra y lo sentó en mi hombro.

—¡Desde ahora deberá quedarse contigo, capitana Flo!

—Pero, pero... ¿Malhechor... conmigo? ¿Es que ya no lo quieres? —tartamudeé.

—No. Quiero que esté contigo. En primer lugar porque a ti te ayudará y además, porque el estar aquí arriba conmigo no le sienta muy bien. Necesita más aire fresco. Malhechor opina lo mismo.

—¡Capitán! ¡Tierra a la vista! —graznó Malhechor.

—¡Que me raye una raya! ¡Gracias! —más no pude decir.

—¡Guay! —exclamó Sansón—. ¡Ahora nosotros también somos detectives secretos!

—Cada uno de nosotros solamente un tercio —dijo Leo—. Pero juntos somos uno.

—¡Así es! —dijo José—. ¡Vosotros debéis permanecer juntos!

—¡Para ahora y siempre, y toda la vida! —exclamó Leo.

—¡Juramento de piratas! —grité.

—¡Por la gran ballena, por el pequeño pez y también por la delgada raya! ¡Al que un pirata hace un juramento, a ése jamás le falla!

—¡Tierra a la vista! —graznó Malhechor—. ¡Ron y mujeres para el capitán!

Me alegré muchísimo de que Malhechor fuera a quedarse conmigo, pero sinceramente confiaba en que cerrara el pico cuando estuviera mamá delante.

Joachim Friedrich nació en 1953. Sus novelas infantiles de misterio gozan de gran éxito de público no sólo en su país de origen, Alemania, sino también allí donde se ha traducido su obra.

Títulos de la colección:

1. 3 y un papagayo salvan al fantasma del castillo

2. 3 y un papagayo persiguen al ladrón de cajas fuertes

3. 3 y un papagayo buscan al ladrón de pájaros